AF322101

A

ALPHONSE

LEBŒUF,

à Pussay.

ÉPITRE. [1]

Tu sais que, mon ami, naguère avec chaleur,
J'accusais la rime de faire mon malheur;
J'abjurais tout souci, tout ennui d'écrivain,
J'appelais le repos, hélas! c'était en vain.

Y a-t-il quinze jours, à peine qu'Eudoxie, (2)
N'étant pas encore née était encore sans vie ;
Que déjà reprenant mon travail ordinaire
Je conduisais le soc, je labourais la terre ;
Des semailles d'automne ayant jeté le grain,
Chacun se dit déjà que ferons-nous demain ?

Ainsi, mon cher ami, que faut-il que je fasse ?
Au bord d'une onde claire ayant marqué ma place ;
Faudra-t-il que des vers occupent ma pensée ?
Que j'aille là chercher une rime insensée.
Comment passer le temps : amis conseillez-moi.
Resterai-je oisif ? non, dites-moi pourquoi ?
De l'humide saison, quel peut-être l'ouvrage ?
Médire, calomnier, sont-ils notre partage ?
Oh non ! me direz-vous, jadis le laboureur,
Créé par l'ignorance existait dans l'erreur ;
Mais crois-moi de nos jours il change d'héritage ;
Il aspire aux talents, la gloire de notre âge ;
Le génie vient aider et partage ses soins,
Soulage à peu de frais ses rustiques besoins ;
Constamment occupé de ses travaux champêtres,
Il trouve le plaisir, où pleuraient ses ancêtres,
Et l'art industrieux vient abréger ses peines :
Partout le soc déchire et sillonne les plaines ;
Des champs jadis déserts aujourd'hui cultivés,
Reçoivent les semis dont ils étaient privés.
L'engrais aussi succède à ce premier besoin,
L'engrais est l'élément objet de notre soin ;
Il parfume les cours de nos maisons rustiques :
Il est le miel des champs et les rend magnifiques.

C'est à lui qu'ils doivent l'éclat de leur beauté
Et le germe charmant de leur fécondité.
Ces plaines azurées, ces champs émaillés d'or,
Ce qui du laboureur fait l'unique trésor ;
Ce qui récompense ses bienveillantes mains,
Tout ce que nous devons aux pères des humains,
Est l'utile produit de cette fange impure,
Elle échauffe leur sein, fait croître leur parure ;
D'un champ jadis ingrat elle ôte l'acreté,
Elle est à son égard une divinité.

Oui, oui, mon cher Alphonse, aujourd'hui la culture,
Est le premier des arts ; sans doute la nature
Ayant pour ses enfants quelque reconnaissance,
Bientôt dissipera leur absurde ignorance,
Et fera naître en eux cet amour de la gloire,
Dont le bon vieux Saturne embellit sa mémoire,
Lorsque quittant le sceptre et sa haute grandeur,
Qui de roi qu'il était le rendit laboureur.

Mais quoi, j'entends déjà, j'entends la calomnie,
Ami, faut-il répondre à cette ignominie. (3)
J'entends un peuple dire : eh quoi ! voici des vers,
Quel en est donc l'auteur ? un regard de travers,
Jeté par le hasard au milieu de la rue,
Désigne l'écrivain ; et chacun s'évertue
Pour connaître l'auteur de ces œuvres impies ; (4)
Alphonse c'est le nom dont on les a noircies.
Cela suffirait-il pour vaincre ma paresse,
Pour rêver et chercher, sur les bords du Permesse,
Quelques propos mordants, quelques justes critiques,

Décélant le travers de leurs mots satyriques ;
Ou dois-je d'un repos, grâce à l'oisiveté,
Jouir tranquillement sans l'avoir mérité.

Ainsi, nous le voyons, aucun maître de soi,
Ressent de son auteur et la force et la loi ;
Et luttant vainement contre sa destinée,
Si c'est l'ordre éternel, ne vit qu'une journée ;
Ou bien par la fortune injustement trompé,
Son calcul ignorant se trouve être dupé.
Aussi je le demande, amis, que dois-je faire ;
Venez, conseillez-moi, dois-je écrire ou me taire ?
— Ecrivez, dites-vous, si le monde vous blâme,
Vous avez vos écrits contre leur noire trame ;
Rien n'est répréhensible et tout y est bien net,
Depuis vos dialogues, jusqu'aux moindre sonnet.

Vous voulez que j'écrive, eh bien je continue ;
Dira ce qu'on voudra ma verve est résolue ;
L'on ne me verra pas crédule partisan,
Mettre avec ces nigauds la justice à l'encan ;
Ni vil adulateur, de fourbes enrichis,
Que la loi n'atteint pas, que la vertu bannit.
Le langage des dieux si bas peut-il descendre,
O lâche flatterie ! si haut peux-tu prétendre ;
Ne crains-tu pas, perfide, excités justement,
Que les dieux sur toi lancent leur châtiment ;
Que te donnant le prix de ta témérité,
Mettent sur toi le sceau de la fatalité.

Mais loin de mon sujet, emporté malgré moi,

Ayant cédé ma place et quitté mon emploi ;
Amis, je reviens parmi l'homme des champs ;
Il fut souvent l'étude et l'emploi de mon temps :
Je vais assiduement lui consacrer mes soins,
Et chantant l'homme heureux abréger ses besoins.
Déjà le laboureur, quand il n'est plus avare,
Sait joindre à ses projets le bonheur le plus rare ;
Déjà quelques fermiers, avides de la gloire,
Ont su marquer leur nom d'une heureuse mémoire ;
Les Grangé, les Dombasle, Arbuthnot, Jefferson,
Méritent notre hommage, et l'éclat de leur nom
Doit passer à coup sûr à la postérité,
Aucun autre mortel ne l'a mieux mérité.
Mais combien on est loin, hélas ! dans nos campagnes,
De la belle industrie, née au pied des montagnes ;
Comme un autre Saturne, un garçon de vingt ans, (5)
Sans moyens, sans fortune et par ses seuls talents,
Devant tout à lui-même, immense est son génie,
Créateur ingénieux du bien qu'on lui dénie ;
Refuserons-nous cet hommage à sa gloire,
D'être immortellement cité dedans l'histoire.
Vous croyez que chez vous l'esprit méditatif,
Laboureur ignorant, serait pour vous rétif ;
Vous croyez que courbé sur le soc des charrues,
Que prétendre à l'honneur serait sottes bévues ;
Non, non, mon cher ami, pas tant d'humilité,
Orgueilleux sans orgueil, si trop de vanité ;
Vient mêler son poison à l'ignorance altière,
Trop long-temps conservée par la classe ouvrière ;
Alors je ne vois plus dans cet être divin,
Que pédantisme affreux qu'un sot étale en vain. (6)

Heureux l'homme des champs s'il sait vivre sans
crainte,
Si son front haut levé dissipe toute atteinte;
S'il élève son âme au-dessus des grandeurs,
S'il est grand, généreux, il vit dans tous les cœurs.
Oh! oui, qu'il est heureux, toutefois s'il veut l'être,
Il moissonne joyeux le blé qu'il a fait naître;
Marchant toujours gaîment, près de son char conduit,
Par quatre chevaux bruns que sa ferme à produits;
La douceur avec eux préside à ses convois;
Ses coursiers doucement attentifs à sa voix,
N'entendent point siffler ces expressions forcées,
De rage et de colère, par d'autres prononcées;
Sa main vive et légère à peine suspendue,
La verge sur leur dos doucement descendue :
Ses chevaux vigoureux l'un et l'autre s'animent,
Du maître glorieux méritant tous l'estime;
Aucun d'eux n'est vainqueur, aucun d'eux n'est
vaincu,
Le hameau les revoit, fiers comme ils sont reçus.

Voilà, mon cher ami, voilà le vrai bonheur,
Où règne la justice, où sévit la douceur;
C'est au sein du hameau que l'on goûte ses charmes,
Il n'est point parsemé de tristesse ou de larmes;
Là les jeunes enfants d'une honnête famille,
Au hameau rassemblés, près d'un feu qui pétille,
Ecoutent les leçons d'un père vertueux,
Les noms et les vertus, la vie de ses aïeux;
Leur mère, ivre de joie, vient en goûter les charmes,
Et le trop grand plaisir leur fait verser des larmes;

Il ne voit point chez eux la discorde inhumaine,
Apporter les ennuis, faire naître la haine ;
L'on n'y voit que douceur et que simplicité ;
Le mensonge est banni loin de la vérité.

O toi ! qui comme moi, habite le hameau,
Et qui souvent repose à l'ombre sous l'ormeau ;
Viens, admire avec moi le charme des campagnes,
La beauté du vallon, le produit des montagnes ;
Vois ces plaines dorées, ces riches appareils,
Nos sens à cet aspect assoupis se réveillent ;
L'imagination s'empare de notre être.
Faible contemplateur de la beauté champêtre,
Le grossier laboureur est froid à ce spectacle,
Au produit de ses champs il ne voit nul obstacle,
Il arrive en moisson, il recueille son bien,
Que craint-il ? tu le sais : oh non ! il ne craint rien.
Alphonse, il rougirait, s'il voyait que l'on pense,
Qu'autre chose que lui produit ce bien immense ;
Il ravale son être, et par sa vanité,
Il insulte au pouvoir de la Divinité.

Aimons l'homme des champs qui sait ce qu'il doit être,
Qui reconnaît un Dieu, la cause de son être ;
Qui, juste envers autrui pratique la vertu, (7)
Dont le vice éhonté par lui n'est pas connu.
Aimons l'homme des champs, qui, paisible chez soi,
Encourage les arts et respecte la loi.
Aimons l'homme des champs, quand même un peu
                                        sauvage,
Il sait rendre justice au mérite, au courage ;

Dont l'âme bienfaisante au pauvre bienfaitrice,
Court arrêter le crime et prévenir le vice.
Aimons l'homme des champs, celui dont la douceur
D'un paisible troupeau court faire le bonheur,
Et dont l'humanité n'est pas due au hasard ;
Celui dont la pitié revit avec Hothgard. (8)
Oh oui ! mon cher ami, aimons cet homme là,
Qui dit à ses chevaux, tranquillement, holà !

A MONSIEUR

DE RICY.

ÉPITRE.

Eh quoi! toujours des vers, est-ce manie d'écrire,
Direz-vous, ou passion et fureur de médire.
— Non, mon cher de Ricy, c'est pour passer le
temps,
Et l'humide saison attendant le printemps;
Je crayonne des vers, j'occupe mon génie,
Ami, cela vaut-il moins que la calomnie.
Plut à Dieu, que partout les plus mauvaises gens,
Ne sachent que des vers, même des vers méchans;
Qu'occupant leur esprit à la réflexion,

Ils aient à leur égard un peu de compassion.

Ah ! que je suis heureux d'être dans la campagne,
De vivre solitaire au sein de la Champagne ;
Dans ce pays fertile, au loin si renommé,
Où l'on recueille en paix le grain qu'on a semé.
Tantôt assis, rêveur sur les bords d'un ruisseau,
D'une claire fontaine admirant le cours d'eau,
Mon esprit aisément contemplait la beauté
Des chefs-d'œuvre témoins de la Divinité.

Ainsi donc, je rêvais, quand un froid excessif
Vint engourdir mes sens, mon esprit attentif.
Combien je regrettais, trop maudite saison,
Ce que j'avais conçu de beau sur le gazon ;
Quand la nuit survenue me couvrit de ses ailes,
De retour au hameau, je rêvais avec Bayle.

Amis n'attendez pas que d'un poème héroïque
J'intéresse le monde ; un esprit satyrique
Vient, agite mes sens, et son ardeur extrême
Etant maître de moi je ne suis plus moi-même ;
Je sens que je succombe, et ma plume excitée,
De l'estime publique se trouve trop flattée ;
Non, que contre Appollon je désire au Parnasse,
Sans l'avoir méritée y briguer une place ;
Qu'en téméraire auteur j'aille solliciter
Un honneur qu'avant moi l'on a su mériter ;
Que malgré les neuf sœurs écrivain téméraire,
Je brouille du papier sans jamais ne rien faire ;
Je veux que, dans mes vers, un peuple laborieux,

S'y délassant l'esprit n'y lasse point ses yeux ;
Qu'y puisant des leçons, instructives et dociles,
En se divertissant rendent ses pas utiles.

Que les temps sont changés ? depuis que sur la terre,
La sagesse a fait place au bonheur éphémère ;
Depuis que l'âge d'or, sous le règne des dieux,
Permettait à loisir, à l'homme vertueux,
D'assister au conseil de l'empire céleste.
Depuis que les Pollux, les Castor, les Alceste,
Ont par leur vie active illustré la mémoire,
De ces siècles heureux, de ces siècles de gloire.

O Muses ! dites-nous, ces fastes qui naguère,
Ont d'un héros vaillant, ont du sein de la guerre,
Su enrichir le nom des héros dont la France
Aggrandit sa mémoire, honoré sa vaillance ;
A l'Ile Sainte-Hélène, au sein du Panthéon ; (1)
Leur mémoire vivra, perpétuera leur nom ;
Et tous ces monuments, de fragile structure,
Panthéon, Sainte-Hélène, objet de la nature,
Verront finir leur temps avant que dans l'histoire
La France oublie l'éclat de ces jours de victoire.

Ah ! qu'ils étaient heureux ? à peine avons-nous
                                          cru
Les hauts-faits glorieux qui partout ont couru ;
Du héros, que ces bords ont reçu tour-à-tour,
Qui fut tantôt esclave et tantôt à la cour.
NAPOLÉON, héros que le Français adore,
Ombre toujours chère ! hélas ! tu vis encore !

Ton nom ne mourra point, ta gloire est assurée,
Tes travaux sont chéris, ta mémoire est sacrée;
Tu siéges au conseil d'un dieu qui sur son char,
T'a sans doute placé à côté de César;
Tu es avec Achille, à côté d'Alexandre,
Où ta gloire aisément, sans doute a pu prétendre;
Des héros demi-dieux tu supportes la vue;
Agamemnon, Thésée te voient par entrevue;
Et si de ces guerriers tu partages la gloire
Si noblement acquise au sein de la victoire,
Minos et Radamanthe, aussi justes que grands,
Savent te distinguer de nos cruels tyrans;
Ils réclament aussi ton nom parmi le leur,
Ce nom cher à la France, et sapé dans sa fleur;
Ce nom dont la Corse embellit ses annales,
Qui vit arborer ses enseignes triomphales;
Radamanthe et Minos, sages législateurs,
Savent te distinguer de lâches imposteurs;
Ils guidèrent tes pas au berceau dès l'enfance.
Jeune, tu leur promis cette belle espérance,
Quand désertant ton île, arrivant à Brienne,
Ah! tu ne doutais pas qu'un jour il t'appartienne,
Et les dieux lestement conduisaient ton destin :
Au pouvoir consulaire ils façonnaient ta main.
Lorsque jouant avec toi, tes amis de collége,
Te choisissaient pour chef en cet étroit manége;
Les rengeant en bataille, excitant leur courage,
Tu remportais des jeux et la gloire et l'hommage;
Premiers faits dont l'histoire aime à nous occuper,
Et qu'au bout de vingt ans l'on à vu nous tromper.

Non, parmi les guerriers, rarement la fortune,

Toujours guidant leurs pas , ait fait cause commune ;
Tel qui commence tôt , se trouve renversé ,
Trop de gloire est à charge , un fardeau mal placé :
Voyez un arbrisseau dont la sève est active ,
Qui dans sa jeunesse la branche fugitive
Par son accroissement largement élargie ,
Réveille en notre âme une mâle énergie ;
Ses jours trop tôt finis ne durent pas long-temps,
Et trop souvent il voit rarement deux printemps.
Hélas ! telle est la vie de notre conquérant,
Il sut par ses travaux briguer le nom de grand,
Il sut le mériter , le peuple lui donna ;
La France le regrette ; elle lui décerna ;
Et sur un monument , d'éternelle mémoire ,
Elle grava le nom du fils de la victoire.
Vingt ans ont couronné ses travaux de succès ,
Partout il fut vainqueur , dans ces temps de progrès ;
Aux champs de Montenotte il montra sa valeur ,
Déploya sa bravoure , excita son ardeur ,
Pour la première fois fit voir à l'univers
La gloire sur ses pas , aux autres les revers.

Ah ! que de victoires n'a-t-il pas remportées ?
Nos armes au kremlin, par lui furent portées.
Quand ayant parcouru l'Espagne et l'Italie ,
La Prusse , l'Allemagne , et que vers la Russie ,
Sa marche audacieuse , en y portant ses pas ,
Semait partout l'effroi , la honte et le trépas.
D'un potentat jaloux voulant braver l'orgueil ,
Y creusa des Français , la tombe et le cercueil.
Ah ! combien de héros en ces lieux périrent ?

Ah ! combien de Français chez les morts descen-
dirent?
O braves ! que Moscou recouvrit de sa cendre ,
Votre gloire immortelle a tout droit de prétendre,
Aux glorieux exploits qui parent notre nom ,
Qui rendent immortel le grand Napoléon.

Que ne puis-je à la France en chantant vos exploits,
Ranimer votre ardeur par le son de ma voix ;
De vos noms oubliés rappeler la mémoire.
Votre chef, il est vrai, sera grand dans l'histoire,
Et vous vivrez en lui ; c'est vous qu'il représente,
Où sa gloire n'est pas, la vôtre en est absente ;
Mais partout la vaillance et l'éclat de vos armes
Ont rempli l'univers d'espérance et de larmes.
L'Italie renversée, et l'Espagne soumise ,
L'Autriche tremblante , la Hollande conquise ,
Des mers glaciales au sein de l'Ibérie,
Des plaines d'Albion, aux remparts de Russie,
Portant rapidement vos armes triomphantes ,
Vous avez secouru vingt nations indolentes.

Je ne redirai pas les noms de vos exploits ,
Noms à jamais fameux qui reçurent vos lois ;
Qui ne connaît Wagram , Hohenlinden , Iena,
Marengo , Mont-Thabor et la Bérésina ;
O cruelle journée ! rivière impitoyable !
Weslowo , des Français , vit la perte effroyable , (2)
Vit ce que peut l'ardeur , ce que peut le courage ;
Tout était réuni dans cet affreux passage ,

Ah! Victor, Oudinot, bientôt hors de combat,
Après tant de courage excitaient les soldats;
Ney, dont l'adresse extrême et l'intrépidité
Ont forcé l'ennemi à la tranquillité,
Soutint par son courage en ces chocs éclatants
Les efforts réunis de trois des combattants.
Kutusoff, Wittgeinsten, ô lâche Schwartzemberg,
Tu laissas Tchitchagow, Langeron et Lambert,
Fondre sur notre armée, c'en est à toi la gloire,
Si la trahison est autant que la victoire.

Eh ! qui pourrait vous suivre au travers des
                                    montagnes,
Domptant de la Suisse les monts et les campagnes;
Oui, beaucoup d'écrivains ont vainement conçu,
De blâmer vos exploits; leur ouvrage déçu
A gémi languissant, au coin d'une boutique,
Surchargé du mépris, de la haine publique;
Mais combien de gloires n'a-t-on pas méprisées,
Des empires détruits, des couronnes brisées,
Ont de rois absolus assujéti l'audace,
Et l'un de nos héros en occupait la place.

Hélas ! la fortune, rarement est fidèle,
Le plus grand des héros, nous offre le modèle;
De fragiles grandeurs, d'implacables revers;
Né sujet et bientôt maître de l'univers,
L'on a vu son destin, le laisser à lui-même,
Tantôt grand, généreux, fier d'un pouvoir extrême,
Supportant noblement la gloire de ses armes;

Son empire de fer , non n'était pas sans charme ;
O vous Français jaloux , héros qui le connûtes ,
Vous aidâtes ses pas , et comme lui vous fûtes
Le soutien de nos droits , le sauveur de la France ;
Mais dans un autre temps , perdant toute espérance ,
Toujours grand, généreux et fier dans ses revers ,
Le vainqueur de Lodi , trahi par des pervers ,
Rappelant dans son cœur ses vertus magnanimes ,
Préféra l'exil , plus que de nouveaux crimes ;
Lorsque trahi , vaincu , toujours plein de courage ,
Son nom seul , des Français , pouvait armer la rage ;
Allumer les flambeaux de la guerre civile ;
Ravager la campagne et saccager la ville ;
Il aima mieux céder le trône où l'avaient mis ,
Ses sujets , ses travaux , sa gloire et ses amis.

Relégué dans une île , et non loin de la France ,
Napoléon vivait toujours plein d'espérance ;
Attendant des alliés ou de nos oppresseurs ,
Les tristes conditions de ces médiateurs :
Conditions , que jamais l'on a vu s'accomplir ,
Qui , nous donnant un roi , n'ont su que l'avilir.
Entouré d'un conseil ignorant et perfide ,
Sans prévoyance , haineux , inactif et timide ;
Laissant la France en but à ses divisions ,
Les traités sans suite , le trône aux factions.
Ainsi, tel qu'un vaisseau , battu par la tempête ,
Dont le marin surpris de suite ne s'apprête
A réparer la perte , éloignant le danger ,
La France était ouverte au premier étranger.

Aussi Napoléon, l'œil ouvert sur nos maux,
Fidèle à sa devise, arbora ses drapeaux ;
Et, tournant ses regards vers la terre chérie,
Jadis son royaume, désormais sa patrie :
« Espère chère France, un jour tu reverras
Tes soldats glorieux, tourner vers moi les bras ;
Et vainqueur des tyrans que le nord a produits,
Ramener la gloire, qui souvent m'a conduit. »
Il dit, et de suite préparant une flotte,
Amenant sur ses pas une armée patriote ;
Haranguant ses sujets, équipant deux vaisseaux,
Il s'embarque et soudain sur la plaine des eaux,
Guidé par son ardeur plus que par la fortune,
S'élance au sein des mers, empire de Neptune ;
Protégé par ce Dieu, le temps est favorable,
La mer est tranquille, le ciel est agréable ;
Quatre fois vingt-quatre heures ont conduit le héros
Vers la terre chérie, vers la terre de Los.

Salut, dit-il enfin, ô lieux que je revois !
Ah ! dans un autre temps plein de gloire et de joie
Souvent vous avez vu nos armes triomphantes
Toujours la même ardeur plein des mêmes attentes ;
J'espère un jour encor ramener dans ces lieux
La gloire où doit prétendre un peuple belliqueux.
Il déploie sur ses mats l'enseigne aux trois couleurs,
La poupe est couronnée de guirlandes de fleurs.
Les soldats excités par la gloire des armes,
Remplissent les vaisseaux d'espérance et de charmes ;
Cependant la crainte anime leur courage,

La sûreté pour eux n'est pas sur le rivage.
Abandonné , proscrit et traité comme un traître ,
Comment sur ce rivage ose-t-il reparaître ;
Dans quel lieu trouver les acclamations
Qui pussent seconder leurs belles intentions.
Serait-ce à Marseille , Saint-Tropez ou Toulon;
Où débarqueront-ils ? ah ! c'est au golfe Juan. (3)
C'est en vue de Lérins , sur les côtes d'Antibes,
Qu'ils viennent débarquer comme des Caraïbes ;
Et comme des héros dans l'ordre inattendu
Viennent aussi regagner le bien qu'ils ont perdu.
Personne dans ces lieux n'attendait le Héros ,
On le vit arriver , chacun reste en repos.
Cannes vit la première , en ce danger croissant ,
Flotter ses étendards sur son fort impuissant.
Bientôt la renommée en déployant ses ailes
Vient de suite à Paris apporter ces nouvelles ,
Disposer le soldat à recevoir son maître ,
Préparer son trône , le faire reconnaître.
« L'Empereur est arrivé , dit-elle : et bientôt Lyon
» Va devenir la proie du grand Napoléon.
» La force le reçoit , rien n'offre résistance ,
» Le soldat met en lui toute son espérance ;
» Chacun lui tend les bras ; la campagne et la ville
» Lui servent tour-à-tour de promenade et d'asile.
» Au seul bruit de son nom l'on voit sur les remparts
» Elever ses trophées , flotter ses étendards ;
» L'on entend que ces cris , partout sur son passage ,
» Vive Napoléon ! la gloire et son courage.
» Vive Napoléon et son petit chapeau ,
» Vive Napoléon ! arborons son drapeau.

» Et toi Paris, et toi bientôt tu le verras;
» Il s'avance, et tes murs ne refuseront pas
» Celui que naguère tu nommas empereur,
» Et que tu glorifiais de toute ta grandeur.
» Oui, reçois ce héros, l'effroi de nos tyrans
» La gloire des Français, celle des conquérans;
» Oui, sois persuadé qu'il vient pour ton bonheur
« Que s'il est malheureux, il fait face au malheur. »
Elle dit : et soudain retournant à l'armée
Y porte l'espérance, une conquête aisée.

Le héros pour soutien n'avait que neuf cents
hommes;
Suivi, accompagné de quelques gentils-hommes.
Sa gloire, sa valeur enfantaient des soldats,
Les villes se rendaient sans livrer de combats.
Il fût tel qu'un éclair sillonnant l'horizon,
Partout il dominait par l'éclat de son nom.
Arrivé sans efforts aux portes de Paris
Et pouvant de la cour surprendre les débris,
Même arrêter le roi, le prendre prisonnier.
Oh non! ne voulant pas poursuivre ce dernier,
Ce roi fuyant le trône, et conquérant sans armes
Elevé pour la paix, redoutant les alarmes;
Ce roi, comme le lion, qui du chasseur surpris
Seul au sein des forêts loin de sa grotte épris,
Des aboiemens du chien du son perçant du cor,
Fuyant loin du danger qu'il craint peut-être encor.
Ainsi du roi la fuite aussitôt résolue
Accourt chez l'étranger sa voix est absolue.
Il parle, on l'écoute, redemandant vengeance,

Armez dit-il, armez toute votre puissance.
Vos troupes sur le Rhin à peines retirées
Ne sont en ce moment pas encor séparées;
Et là nous attendrons, sûr de nouveaux succès,
Leur prompte défaite, la honte des Français.

Mais d'un autre côté, Napoléon vainqeuur,
Dans Paris, sans défense, entre en triomphateur;
Il parle, il commande, des armes, des soldats,
Courons, courons dit-il, et volons aux combats.
Hélas! il t'appelait, ô victoire infidèle!
Il t'adressait ces mots, inconstante, cruelle.
Tu fus sourde à sa voix, vainement implorée,
Tu vas trahir ton fils dont tu t'es séparée.
Ingrate, pourquoi donc lui laisser l'espérance;
Ah! c'en est fait, j'entends, tu veux perdre la France.

Le héros impétueux pourtant vole aux combats;
Il ne veut que mourir ou venger ses états,
Et tout faible qu'il est sûr qu'il vole à la gloire,
Il court, et sur ses pas entraînant la victoire
Il dit : ah traîtresse! victoire infortunée!
Va, tu suivras mon char où tu es enchaînée.
Viens, connais mon génie; si nos guerriers sincères
Secondent nos efforts et nos armes prospères,
L'ennemi double en nombre en ce commun danger
Des maux soufferts par nous va nous dédommager.
Souvenez-vous, guerriers, qu'en ce jour mémorable,
Nous prîmes Marengo, fait de la gloire incroyable; (4)
Qu'aussi de Friedland tombe l'anniversaire,
Eh bien! soldats! courons les chances de la guerre.

J'ai tout fait, tout prévu, les ennemis surpris
Demain ne seront plus qu'un amas de débris ;
Et leurs guerriers fuyant, ayant cédé leur place,
Tous ensemble vainqueurs marcherons sur leur trace.
Déjà Napoléon vainqueur sur tous les points
De ses nouveaux exploits tous les peuples témoins ;
Ligny, les Quatre-Bras rendus à sa valeur,
Présage heureux, hélas! présage de malheur !
Le jour fatal vient qui doit de nos guerriers
Tout vaincus qu'ils seront accroître leurs lauriers.
Trois contre un l'ennemi, grâce à la trahison,
De ce jour mémorable enrichira son nom.
Ce fût à Waterloo, O journée de désastre !
Lieu témoin de nos jours du plus sanglant théâtre ;
Ce fût à Waterloo, Français que le grand-homme
Vint conquérir le nom de grand dont on le nomme ;
Ce fût là, de Ricy, que perdant tout espoir,
Napoléon vaincu, du trône vint échoir
Sur les corps mutilés de cent mille Français,
Perdre le plus beau trône et les plus beaux succès.

NOTES.

(1) L'auteur ne vient point ici entreprendre une justification
inutile ; il ne vient point être le commentaire des dialogues qu'il a
publiés précédemment ; il ne vient point entreprendre de lutter
contre ses ennemis ; il écrit pour éclairer le public et non pour le
corrompre, quoique le vulgaire ait pu dire jusqu'à ce jour ; quels
reproches peut-il adresser à l'auteur ? l'on sait que des personnes
(je plains leur ignorance) ont cherché tous les moyens possibles
pour nuire à ses intérêts, tant auprès de ses parents dont ils ont
excité la colère, qu'auprès des étrangers en attaquant sa réputation,
et leur langage a prévalu ; mais auprès de quelques personnes
sensées et savantes, ils ont été couverts de mépris et convaincus
d'ignorance, sans que l'auteur daigne s'en glorifier.

(2) Rodrigue et Eudoxie , dialogue en vers et en prose , composé par l'auteur en 1836 , et livré au public en 1838 , fut souvent l'objet d'une injuste critique et de louanges trop exagérées. Depuis le prêtre jusqu'au prince , depuis le sacristain jusqu'au ministre revêtu de la chappe sacrée , tous ont vomi indistinctement des torrens de louanges ou d'injures contre l'auteur martyr. Cependant malgré tout ce charivari qui certainement ne fut pas toujours à la louange de l'auteur , l'ouvrage n'a pas moins fait de progrès , et la vente , grâce à leurs mauvais discours , fut beaucoup plus rapide que nons osions l'espérer , de manière que deux mois ont vu en partir à peu près quatre cents , pour un ouvrage d'essai et de campagne, d'un auteur inconnu et calomnié. Je crois, Messieurs, que ce n'est pas mal.

(3) L'auteur était encore indécis du sujet qu'il voulait traiter ; mais il préféra la douceur de l'épitre à la dent mordante et souvent inutile de la satyre.

(4) L'immortalité de l'âme , le discours sur l'athéisme.

(5) Jean-Joseph Grangé , de Harel (*Vosges*), qui à force de persévérance et d'industrie , est parvenu récemment à inventer une nouvelle charrue d'un mécanisme aussi utile qu'ingénieux et susceptible de s'appliquer , sans beaucoup de frais , à toutes les charrues à avant-train. M. Grangé n'avait que dix-buit ans lorsqu'il fut chargé de conduire une charrue traînée par six chevaux dans une terre argile-calcaire, remplie de pierres de différentes grosseurs. Il ne pouvait , ou c'était avec beaucoup de peine et en employant toutes ses forces , maintenir l'instrument dans une direction ordinaire. La nécessité , mère des arts , lui fit ainsi songer qu'il y avait plusieurs changemcnts à opérer dans la charrue, pour le soulagement des hommes qu la dirigeaient et des chevaux qui la traînaient. Mais ce n'était encore rien que de déterminer ces changements , il fallait trouver des charrons qui voulussent les exécuter. Sous ce rapport , M. Grangé échoua entièrement , tant la routine est aveugle , tant l'ignorance est entêtée ! Il s'avisa donc lui-même de refaire sa charrue , et c'est de là que lui vint l'idée d'en construire une qui aurait l'avantage de labourer seule sans le secours des mains de l'homme pour la tenir. M. Grangé , après mûres réflexions , n'hésita pas de consacrer à cet essai le fruit de ses modestes épargnes. Après cette utile invention , il faut vous dire que M. Grangé est pauvre , que ses parens sont dans l'indigence ou du moins dans une situation gênée ; malgré la rigueur du destin en sa faveur , nous sommes cependant convaincus que M. Grangé jouit d'une grande gloire et d'une bonne réputation.

(6) Ceux qui par leur richesse ou par leur orgueil se croient plus qu'ils ne sont , et dont souvent la parure et les mauvais discours attirent moins d'estime que de mépris.

(7) A quoi servent les procès et les guerres que les laboureurs se déclarent chaque jour ? A enrichir les huissiers , à ennuyer les

jugés de paix et quelquefois les tribunaux. Quelles sottises! Un homme fortuné ou qui se croit tel intente tous les jours de nouveaux procès contre ceux qui devraient être ses amis, contre des personnes qui, amenées par lui à la barre des tribunaux, viennent y perdre leur journée pour y défendre leurs droits et y entendre le balbutiage d'un sot. Qu'il est blâmable cet homme qui dit : je sacrifierai la vingtième partie de mon bien et plus, s'il le faut, pour le réduire à la misère! Quelle déplorable destinée !

(8) Allusion aux scènes de cruauté où ce peintre, célèbre par l'originalité de ses tableaux, s'est montré avec tant d'intérêt l'avocat des animaux. On rapporte qu'un passant voyant un charretier frapper inhumainement ses chevaux, s'écria : *Malheureux, tu n'as donc jamais vu le tableau d'Holgard ?* Eh combien d'entre vous, laboureurs, mériteraient ce reproche ; si vous voulez conduire et faire de votre cheval ce que vous désirez, c'est par la douceur et non par les mauvais traitements ; toutes les grossiéretés que vous lui dites, tous les juremens que vous faites ne servent qu'à le tourmenter davantage et à vous dessécher la poitrine, etc., etc.

NOTES.

(1) Sainte-Hélène, île de l'Océan atlantique, célèbre par la captivité de Napoléon Bonaparte depuis le 17 octobre 1815 jusqu'à sa mort, arrivée le 5 mai 1821, à 6 heures après midi, âgé de 51 ans 8 mois 20 jours. A sa dernière heure, celui qui jadis était le maître de la France et de toute l'Europe, ne voit auprès de lui que le général Bertrand et M. de Montholon avec leurs épouses qui en avaient obtenu la permission du gouvernement anglais ; geolier préposé des grands cabinets ; il mourut victime de la barbarie du gouvernement anglais, dans la cabane de Longwood !!!..... (*) et expira sous les coups d'un vil persécuteur Hudson Lown...... et même s'il fallait s'en rapporter aux aveux échappés au docteur O'Méara, Napoléon serait mort empoisonné ; le machiavélisme du cabinet britannique, dirigé par lord Castlereagh, et secondé par l'affreuse bassesse du gouvernement de Sainte-Hélène donnerait un grand poids à cette dernière opinion. Il est mort !!! mais son nom ne périra qu'avec le monde !

Panthéon où repose la cendre des grands hommes.

(2) Le fameux passage de la Bérésina fut effectué à Weslowo, petit village où la rivière est large de deux cent cinquante toises ; elle charrie des glaces ; le maréchal Oudinot y fut blessé.

(3) Le golfe Juan, près de Cannes, département du Var. Napoléon Bonaparte, sortit secrètement de l'île d'Elbe où il était depuis le

(*) La position de Longwood est l'une des plus malsaines qu'on puisse trouver sur le globe. La température est froide, chaude, sèche, humide. Là tous les extrêmes sont confondus, ils sont assemblés vingt fois par jour.

11 avril 1814, y débarqua le 1er mars 1815, avec neuf cents
hommes ses anciens soldats, et vingt jours après il était à Paris,
que Louis XVIII fut obligé d'abandonner.

(4) La victoire de Marengo est remportée le 14 juin 1800. Celle
de Friedland le 14 juin 1807, et le jour où Napoléon rappelait
à ses soldats l'anniversaire de Marengo et de Friedland, était le
14 juin 1815, au quartier général de Beaumont, la veille de la
victoire de Ligny et des Quatre-Bras, et trois jours avant la
fameuse bataille de Waterloo.

(5) La bataille de Waterloo livrée le 18 juin 1815. Les Français,
au nombre de 59,000 hommes contre 90,000 Anglais et 60,000
Prussiens. Après avoir été deux fois vainqueur dans cette journée,
l'empereur voyant les ennemis recevoir du renfort et la lâche
inaction de Grouchy vit enfin son armée plier sous le nombre. Un
dernier bataillon de réserve, illustre et malheureux débris de la
colonne de granit des champs de Marengo, était resté inébran-
lable. Napoléon se retire au milieu de ses braves commandés
encore par Cambronne, s'avance à leur tête au-devant de l'ennemi ;
tous ses généraux, Ney, Soult, Bertrand, Corbineau, de Flahaut,
Labédoyère, Gourgaud mettent l'épée à la main et deviennent
soldats. Les vieux grenadiers, incapables de trembler pour leur
vie, s'effraient du danger qui menace celle de l'empereur ; ils le
conjurent de s'éloigner. « Retirez-vous, lui dit l'un d'eux : vous
voyez que la mort ne veut point de vous ! » L'empereur résiste
et commande le feu ; les officiers qui l'entourent, s'emparent de
son cheval et l'entraînent. Cambronne et ses braves se pressent
autour de leurs aigles expirantes, et disent à Napoléon un éternel
adieu.

Dans cette bataille que les Français perdirent et que personne
n'eut la gloire de gagner, dans cette bataille qui consomma la
ruine du plus grand de tous les capitaines, il y a une fatalité
à laquelle il est impossible, pour des cœurs français, de réflé-
chir sans être brisés. L'empereur lui-même, cet homme de bronze,
plia sous le poids de ses poignantes émotions dans cette cruelle
journée. On est saisi d'une douloureuse admiration quand on pense
à cette bataille, et l'on décerne aux vaincus la palme de la
victoire ! . . . . . .